ハムレット異説
ガートルードの恋

池田節雄

彩流社

目次

序

惨劇は終わった。修羅場に横たわる累累たる死体。皆殺しの歌が流れている。

クローディアスは殺された。レアティーズも刃に倒れた。毒杯を飲んだガートルードもハムレット[1]も、死んだ。いや、この二人にまだ死は訪れてはいなかった。二人は死に瀕していただけだった。

このとき、ガートルードはよろめきながら、最後の力をふりしぼってハムレットのほうに這っていき、叫んだ。

「ハムレット、あなたの殺したのは叔父ではありません。クローディアスはあなたの父。あなたは父を殺したのです。また、先王ハムレットを殺したのは私です。私は夫殺しなのです。私たちは今、煉獄にいますが、やがて地獄へ落ちるでしょう。その前に、私の話を聞いて欲しいのです」

ガートルードは語りだした。

一　邂逅《かいこう》

デンマークは山の無い小さな国ですが、なんと美しい国なのでしょう。なかでも、ブナの森を夏の日に歩くのは、ブナの緑と空の青に、どんな人でも幸せを感じます。幼少時代はすばらしい日々でした。

私はエルシノア城(2)の三十マイル南の古都ロスキレで生まれ、育ちました。由緒あるロスキレ伯爵家の一人娘でした。自由で何ひとつ不自由のない生活でした。

私の不幸の始まりは、九歳のとき、母が急死したことでした。当時流行していたおこり熱に母も私もかかったのですが、このとき、頑健な私とは異なり、もともと病弱な母は亡くなったのです。その後の非運を思い出すとき、いっそあのとき、母と一緒に神のところへ行きたかったとさえ思いました。

母の死後、父は私を溺愛しました。私が十二歳になると、父はフランス人の家庭教師を家に招き、私にラテン語とフランス語を教えさせました。フランス語はぶざまなラテン語などと、みなから呼ばれていましたが、私はこの現代語の生き生きした抑揚にひかれて、めきめきと上達を重ねていきました。いつのころからか、トルバドゥールのつくる吟遊詩をフランス語で読むようにもなりました。『トリスタンとイゾルデ物語』(3)を愛読するようにもなりました。このなかの夢のような世界、自由奔放な愛に魅せられていきました。

デンマークの片田舎にあって、遠いパリに思いをはせる日々は、それなりに充実していました。ともかくも、私はロスキレでの単調な生活のなかで成長しました。母に代わって、女性らしいことを丹念に教えたのは、イタリア人の乳母ルチアでした。女性にとって大切なこと——身のこなし方や服装、さらに、長じては女性の生理のことまで細かく教えてくれました。でも、恋の手ほどきまでは無理というものです。大きくなってその機会になれば、恋は突然生まれるのです。

それは、私が十七歳になった春のことでした。父が春の園遊会に招かれたとき、私も同行することになりました。国じゅうの貴族が呼ばれているのです。外国の多くの貴族も招かれました。

私は、ルチアの世話のもとに、着かざって、伯爵の娘らしい身なりで出かけました。私の社交界へのデビューでした。お供には、その頃はまだ若かったポローニアスがついて来ました。私の気持ちは、はずんでいました。はなやかな園遊会の場は、エルシノア城の広い中庭でした。あらゆる貴族、侯爵も伯爵も、デンマークじゅうの貴族が参会しています。全部で百五十人ほどでしょうか。イギリス公使、フランス公使、スウェーデン公使も会場の中央に陣取り、楽しげに談笑しています。キャビアやフォアグラなどのフランス風のごちそうがいっぱいのテーブルには、フランス産の赤ワイン、白ワインが並んでいます。ボルドーもブルゴーニュもあります。

私は、のぞくようにして後方に立ちつくしていました。このとき、私の背中をそっとなでて、フランス語でシャンパンはいかがですか、とやさしく声をかけられたのです。振り向くと、長身の粋な若者でした。私は遠慮がちにありがとうございますと、フランス語で答えると、若者はうすいピンク色のシャンパンの入ったグラスを差し出しました。二人で杯を重ねてから、会話が始まったのです。

彼のことを外国の人だと思い、私たちはフランス語で話しつづけましたが、じつは、彼はデンマーク人でした。それも、国王の次男クローディアスだったのです。そのとき、十九歳でした。精悍な顔つきとやさしさをあい持っていて、私は一目見て、気に入りました。恋の始まりでした。

彼はドイツの大学で哲学と法学を学んでおり、フランスにも半年留学して、最近帰ってきたのです。私は十七歳で、彼は十九歳。今から思うと、私たちは初心《うぶ》でした。お互いに、初めて知り合った異性でした。男とは何か、女とは何かと分かってはいませんでした。

私の頭のなかにあったのはフランスのトルバドゥールの語る騎士物語だけでした。いつか、白馬の騎士がどこからともなく現われて、姫は幸せに結婚するという単純なストーリーを夢みていました。でも、現実にエルシノアの城に白馬の騎士が現われたのです。その手に触れるだけで、私はふるえました。それからの私たちは、エルシノアとロスキレの間で文を交換することにしました。秘密を守るために、フランス語で書くことにしたのです。

でも、会って話したくなるのは、自然の流れです。ですから、彼のほうからロスキレを訪れることにしたのです。時間のあるときに、彼はエルシノアから、馬を飛ばしてやって来ました。一時間ほどかかりました。私も急いで乗馬の手ほどきを受け、二人でブナの森で馬の散歩を楽しみました。彼と会える日は待ち遠しく、前の晩からどきどきしました。いつも、ロスキレのはずれの森の入口で、待ちあわせをしました。ブナの森の緑は、初夏をむかえて、強い香りをはなっていました。生きる歓び！　それを満喫していました。

彼の話すことは、なんでも楽しいと思いました。なかでも、異国の話題に興味を抱きました。あでやかなパリでの生活。先進国フランスに、一度は行ってみたいと思いました。私が知っているパリは、物語の世界だけです。トルバドゥールが語る貴族の恋物語は、実際のフランス宮廷でくりひろげられているとしか思われませんでした。彼は吟遊詩人の詩をいつも朗読してくれたのです。私たちこそ、そのような詩の主人公のように思えました。

私は毎週のように、長い手紙を書いて送りました。書いたのは、身の回りのこと、読んだ本のこと、つくった料理のことなど日常のことばかりでした。彼に私のことを知ってもらいたいのです。

一方、彼の手紙は短くて、まるでメモのようにその日の出来事が記されているだけです。物足りない。私は彼のことをもっと知りたいと思いました。ですから、月に一度、彼がたずねて来て、会って話せる日が最大の楽しみでした。

彼はいつも、近衛士官の緋色の制服でやってきました。りりしい姿で、光り輝くようでした。ブナの森のなかを、手を取りあってゆっくりと歩き、会話がはずみ、時間のたつのも忘れるほどでした。

森では小鳥がさえずり、目も鮮やかな蝶が舞っています。あの蝶は君の姿だと、彼が言いました。私はうれしくなりました。別れるときは、いつしかほほに接吻をしてもらうのがならわしになっていました。

私は彼からもらった手紙を、大事に宝物のように文箱に入れて、午後の時間の空いたときに、一つずつ取り出して読んでいました。

あるとき、その様子をルチアに見られました。ルチアは、あら、お嬢様の秘めごとですわね、と言って、秘密は守りますと言ってくれたのです。そのときから、私はルチアにだけは、彼のことを語るようになりました。

私は、夜寝るときは彼のために祈り、朝起きるや、すぐに、彼は今どこで何をしているのだろうかと想像しました。こうして一年がたち、いつしか春になっていました。

この幼い恋が、そのまま終わるものでしょうか。文通とブナの森での散策で終わるものでしょうか。『トリスタンとイゾルデ物語』の愛読者の私が、この清らかな恋だけを続けていけるのでしょうか。私の心のなかに、少しずつ、イゾルデへの憧れが生まれていました。愛する人に情熱を捧げるイゾルデになりたいとの気持ちが、いつの間にか、私のなかに芽生えていました。クローディアスは、私のトリスタンだと思い込むようになりました。若い二人の熱情が、森のなかを貫く滝のようにほとばしるのは、時間の問題でした。

夏を迎える頃、私はルチアに二人だけで静かに過ごせる場所がないものかたずねました。しばらく考えたルチアは、妙案を考え付きました。ポローニアスがロスキレの隣りに小さな領地を持ち、そこにあずまやのような別荘があるので、それをときどき、借りればいいというのです。そして、ルチアがポローニアスと話をつけて、必要に応じて鍵を入手してくるというのです。

何という大胆なことでしょう。けれど、恋する者は盲目です。その逢い引きのためには、何でもするものです。ポローニアスは信頼のおける人でしたから、父にもその秘密を言うことはありませんでした。私は恋の舞台を得たのです。

それからは、私たちは月に二度、その別荘で逢い引きを重ねました。蜜のような甘美な時を過ごしました。めくるめく恋の日々でした。

ある秋の日のことでした。別荘での午後の滞在が長くなり、あまりにも暗くなりかけた頃、森のはずれまで来たとき、行く手に三人の老婆が突然、現われました。いずれも、体がしなびていて、ほほが醜く垂れ、長い白髪の異様な風体でした。

一人は長い杖を持っていました。そして、その杖を天高くかかげて、言いました。

「わしらは預言者だ。万歳、クローディアス！　いつかお前はこの国の王になる。ただし、それは二十年先のことだ」

二人目の老婆は、薄い唇に手をあて、私たち二人を見ながら、言いました。

「おまえたち二人はいつか結婚する。それも二十年先だ。しかし、残念ながら、クローディアス、おまえの左手薬指は小指から離れるように反り曲がっている。二人の仲は不吉な運命にある」

三人目の老婆は、私を正面からきっと見据えて言いました。

「おまえは、絶対に蛇に手を触れてはならない。蛇に手を触れるとき、おまえは破滅する」

この奇怪な言葉は、理解不能でした。クローディアスと私は驚きました。思わず、目をあわせましたが、そのとき、三人の老婆は風のようにすうっと消えたのです。

クローディアスは、彼女らは魔女だ、予言などでたらめで、あたるはずがないと、笑っていましたが、神妙な顔つきでした。私は老婆の言う意味を理解できませんでした。しかし、なぜか、体全体がほてり、ふるえていました。

翌年の春、思いがけないことが起きました。丈夫だった老国王が急病になり、一夜にして亡くなられたのです。心臓の発作でした。このため、国王の名代としてノルウェーの統治にあたっていた先代ハムレット王子が、急遽デンマークに呼び戻されたのです。三十歳でした。知性的なクローディアスと異なり、荒けずりで、昔のバイキングのような勇猛な武人だと言われていました。

それから一か月後、あずまやの別荘でクローディアスと会ったとき、信じられないことを聞かされたのです。王位を継承するために、先代ハムレット王子がデンマーク国王を襲名し、時を同じくして、その王妃として、この私が候補にあがっているというのです。

私は思わず、飛びあがりました。いや、候補ではなく、王室会議ですでに内定しているというのです。三十歳の新国王の世継ぎを早くつくるために、早期に、若い女性と結婚させることが、必要とされたのです。耳を疑いたくなる話でした。

なぜ、よりによって、私が選ばれたのでしょうか。十九歳の私とは十一歳もの年のひらきがありますのに。そもそも、私は、その新国王に一度も会ったことがありません。私は、世継ぎを生むための女でしかないのでしょうか。

私はクローディアスに向かって、言いました。私が将来の夫として考えているのは、あなたしかありません、この王妃の話は絶対に断りますと。私は、あんたんたる気持ちでした。

その夜、ロスキレの家に戻ると、すぐに、父の居室に呼ばれました。父と話をするのはまれでしたので、私には話の内容の予想がつきました。父はまず長々とデンマーク王室の歴史を語り、そのあと、言いにくそうに、私と新国王の縁談を切り出しました。父も、うすうす、私がクローディアスとつき合っていることを知っている様子でした。

私は、考える余地がないと答えました。十一歳もの年の差があるし、私には決めた人がいると言いました。父は、この縁談は伯爵家の名誉であるとも言って、譲りません。私が王妃になるのは運命だとも言うのです。

愛のない結婚生活。あの髭面《ひげづら》の新国王と生活を共にし、寝室を共有することなど、想像するとぞっとします。陳腐なフランス笑劇です。私の夢みていた、トルバドゥールが語る騎士物語とは全く違います。父との押し問答は毎夜つづきましたが、すでに王室会議でも正式に決定し、父も承諾していたのです。

一か月後、戴冠式を午前中に行ない、午後に、私との結婚式を挙行するというのです。個人の自由のない悪い時代でした。私はいっそ死んでいいと思いましたが（そんな騎士物語もあったでしょうが）、クローディアスと父のことを考えると、それもできません。あの魔女の言ったとおり、私とクローディアスは、引きさかれる運命にあったのでしょうか。あの『トリスタンとイゾルデ物語』のイゾルデのように、あるいは、アベラールとの仲を引きさかれたあの修道女エロイーズのように。(4)

さらに、私の挙式の翌々日に、外国から帰ったばかりのクローディアスが、ヴェネチア公国に赴任することも決定されていたのです。彼は、ヴェネチア公国の防衛武官となったのです。新国王にとって、クローディアスは、目ざわりな存在だったのでしょう。

それから、私がどのような日々を過ごしたか、ほとんど記憶にありません。毎日、結婚式の準備、準備でした。私は死せる魂でした。ただ、最後にどんなことがあっても、もう一度だけは、クローディアスにと逢うことを決意していました。彼に伝えたいことがあったのです。

挙式の三日前、私とクローディアスは、あの思い出深いあずまやの別荘で逢いました。あずまやのまわりには、美しい花が咲き乱れていました。バラ、スミレ、ヒナギクなどが数えきれないほど咲いていました。

最後のちぎりを交わしました。激しい愛の交歓でした。私は十九歳、クローディアスは二十一歳。若い二人ですから、愛は何度も交わされました。

そのあと、二人に平穏の時が訪れたのです。そのとき、私はクローディアスの顔を正面からまじまじと見つめて言ったのです。私はあなたの子を今、宿しています、と。それを聞いて私を見返したときの彼の表情は、今でも忘れることができません。喜びと苦悩の二重の顔でした。

しばらく、沈黙がつづきました。彼はぽつりと言いました。そうか、そういう運命の結びつきだったのか、あの魔女の言ったとおりだ。さらに長い二人の沈黙がありました。

このとき、私ははっきりと言い切りました。私はこの子を産みます。クローディアスの子として、しかも、男の子を産みます。その子は、この国の王子であって、かつ、あなたの子でもあるのです。あなたがこの国の国王となる運命ならば、この子があなたの後を継ぐのです。それにより、すべてが解決します。デンマーク王家は、平和の内に継承されるのです。

彼は言いました。すべては神のおぼしめしだ、私たち三人の幸せを祈ろう、私はこの後、イタリアに行くが、必ず、いつかこの国に戻ってくる、そして、あの魔女の預言どおり、この国の国王になる、そして、そのとき、王妃はあなたしかない、と。

静かな夕暮れでした。西の空に太陽が沈んで行くのが見えました。しかし、太陽は明日もまた昇ります。私たちも再びよみがえるのだと思いました。

別れのときです。名残が尽きません。長い最後の接吻のときです。このとき、私は彼に、書いてきた手紙を渡しました。

「クローディアス様、

突然のお別れのときが来てしまいました。私は新国王と結婚させられ、貴方はイタリアに旅立ちます。長い別離となりましょう。けれど、いつの日か、このお腹の子が成人するころには、デンマークへお戻りください。そのときまで、私はこの子を立派に育てます。この国を治める王として、あなたの子として。どうか、異国のつとめを果たし、並ぶことなき騎士として大成されますように。このお別れに際して、歌をよみます。

ちぎりせし二人のかたみ雄雄しくも　ますらおとなりぬ二十歳《はたち》の春に」

この手紙を読んで、彼はため息をつきながら言いました。自分も外国へ行くのは本意ではないと国王に強く主張しましたが、聞き入れられませんでした、私のような次男坊に与える領地はデンマークにはなく、異国で武勲をあげるしか生きる道はない、それにイタリアに行けば、黒髪の美人がたくさんいる、いつか、デンマークのことも忘れてしまうだろうよ、などとにべもなく言われたのでした。九歳違いの兄から、この国を追い出されたのです、でも、いつか、必ずこのデンマークに帰ってきます、そして、あの魔女の預言を信じて、この国の王になります、と言いました。

彼は一枚の白い紙を取り出して、私の歌に対する返歌をするすると書きました。

「愛しいガートルードへ。

去りゆけど再び来るらむその君の　雄雄しき姿まみゆるときかも

クローディアス」

この別れのとき身ごもっていた子こそ、ハムレットあなたなのです！

二　別離

――恋人はいずれか一方がいなくては生くることも、死ぬこともできなかった。別れていることはそれは生でもなく、死でもなく、生と死のかたまりであった。

（『トリスタン・イズー（イゾルデ）物語』岩波文庫、ベディエ編、佐藤輝夫訳）――

ロスキレ大司教が執り行なう戴冠式も結婚の儀式も、厳かなものでした。清めのミサ、それに続く大騒ぎの饗宴、いずれも私にとっては、どこかで行われている花火大会としか思えませんでした。

十九歳の私が三十歳の髭面と一緒に暮らすのは、苦痛以外の何物でもありませんでした。ドイツ諸邦で今でも行われている、王の初夜権の話を思い出し、少しなぐさめられました。私は、クローディアスのものだし、その子も宿している、そして、王妃を演じるだけでいいのだ、歯をくいしばって、すべての儀式を終えたのです。

クローディアスの姿は、結婚式場にはありませんでした。父は私を祝福するためにやってきましたが、少し悄然としているようにも見えました。私はかたい表情で父を見つめ、これまでの生育の謝辞の言葉を述べたことを記憶しています。

式の後、私は冷静になり、重要な仕事があることに気がついたのです。王に嫌気を示して夫婦のちぎりを避けるのはまずいのです。私のお腹には、クローディアスの子があり、王の子として生むべき子がいたからです。まず、王との交わりを避けてはならないのです。幸いにも、国王は挙式から三日目に私の寝室へ忍んできました。

デンマーク王室では、王と王妃の寝室は、伝統的に別々なのです。この王の訪れに自然に対応しなくてはならないのです。この夜、私は処女のごとく、かつ、娼婦のごとくふるまいました。あたかも、国王に初夜権を捧げる処女として接し、一方、国王の情欲をかきたてる娼婦のように、私は、一夜を過ごしました。国王は、ことが終わると、裁可の仕事をかたづけたかのように、ガウンを着つけるや、さっさと自分の寝室へ戻っていきました。愛を語る言葉もなく、きぬぎぬの別れなどという風流はみじんもありません。

このとき、私はとっさに分かりました。王の交わりは、世継ぎをつくるためであって、愛を語る騎士物語ではないのです。私はむなしいと思いつつも、一面ほっとしました。そして、心のなかで叫びました。国王殿、ご安心くださいませ、あなたの世継ぎは必ず生まれるのです、なぜなら、私は身ごもって嫁いでまいりましたから。

国王は、その後も、週に二度は、私の寝室に忍んできました。私も少し大胆な女としてふるまいました。このとき、はっと気づきました。私は、女としての喜びを感じている。税金を納める国民のように、義務として国王の愛の相手をする気持ちでしたのに、体はいつしか、女になっているのです。私は罪悪感を感じつつ、クローディアスに悪いという気持ちになりました。

そして、二か月後、私が身ごもったと公式に発表されたのです。その知らせに、国中が沸き立ちました。武勲もさることながら、新国王の男性としての能力に、デンマーク国民は目を見張ったのです。

国王は得意満面でした。そして、私をやさしくいたわり、無事、いい子を生むようにと言って、その後は、夜のお忍びもなくなり、私は静かに夢を見て眠ることができたのです。もちろん、クローディアスの夢をみていたのです。寝言で彼の名を出しても、何の心配もありません。私には、安らかな日々でした。

この頃、ルチアは私付き女官としてつまり侍女として私につかえるようになっていましたが、彼女はひとつのことを心配していました。奥様、産み月が心配です、もし、早く生むことになりますと、計算が合いませんん、ですから、ゆっくりと出産されてください、と言うのです。これも難問です。

その六カ月後、私はハムレットを生みました。男の子、つまり王子です。私はすでに二十歳になっていました。国中は再びおおさわぎになり、毎夜、ちょうちん行列がエルシノア城のまわりを取り囲みました。クローディアス以来の、二十年ぶりの王子の出産でした。

生れた子は、やはりハムレットという名になりました。国王も安堵したようでした。私も、内心、ほっとしました。

世の中には、常に、意地の悪い人がいます。一人の重臣が、それにしても産み月が短いのではないか、と言い出しました。噂ですからやっかいです。それを耳にした国王は、さすがに少し苦い顔をしたようです。

その窮地を救ったのは、ポローニアスでした。そのころ、新国王のもとで顧問官になっていた彼は、目ざとく、生まれた子が少し未熟児であることを見つけ出し、ドイツ人医務官のその旨の意見書を入手して、国王に差し出したのです。これにて、一件落着。しかも、念のために、ポローニアスは、私と長年暮らして、いかに私がまじめな生娘であったことも、国王に進言したのです。私は、晴れて、ハムレット王子を生んだ王妃として、場内を堂々と歩きまわることができました。

それでも、まだ問題が残りました。生まれた王子が繊細で、武骨な国王に全く似ていないのです。国王は、どうだわしに似ているだろうと自慢したいところでしたが、それはかないません。私はヴェネチアに赴任したクローディアスにあてて、手紙を書きました。

「クローディアス様
ヴェネチアでの生活はいかがですか。青空の広がる南国での生活は、北国のデンマークとは異なり、快適なことでしょう。私、この間、無事に男の子を生みました。二十歳で母親になったのです。誰の子かお分かりでしょう。あなたは二十二歳で父親になったのです。もう少しすれば、肖像画をお送りします。あなたの生き写しと言えます。国王は自分に似ていないと、ぶつぶつ言いながら、城の廊下を歩いています。すべては、神のおぼしめしです。結婚する前にこの子を授かっていたのですから、私たちは不義を働いたのではありません。マリア様だって、神の子を結婚前に宿したわけですもの。私はこの子を立派に育てたいと思います。武術と学問と音楽にすぐれた騎士になってほしいのです。ところで、ヴェネチアの黒髪の女性はすてきでしょう。

少し、心配しています。

かしこ　ガートルード」

この手紙の返事が来ました。

「ガートルード、

よかったね。無事、出産できて、大きな喜びです。それ以上は言えません。すべては、貴女におまかせするほかはないのです。イタリアはデンマークから絶望的に、遠いのです。すべては、運命のなせるまま。それに従って生きるほかはありません。ぜひ、肖像画を送ってください。きっと、かわいい赤ちゃんですね。当地イタリアの人は、明日のことは考えません。人生の目的は快楽にあると思っていて、毎日、みんな陽気にさわいでいます。しかし、私はデンマーク人です。毎日、静かに本を読み、史跡を見るのが何よりも楽しみです。また、地元のワインも素晴らしい。イタリア語はフランス語に近く、一か月もすれば話せるようになりました。正直に言って、こちらの女性には興味は全くありません。信じてください。

クローディアス」

クローディアスも、ハムレット王子の出産について、内心の喜びを静かに語っているようでした。しかし、この秘密は長く守らなくてはなりません。私は、クローディアスの手紙はすべて文箱に入れて鍵をかけて、寝室の長持の底に隠しました。それと、ルチアには絶えず見張りをさせて、他の女官が私の部屋に立ち入らないように気をつけました。

このような生活が二十年もつづいたのです。秘密の文箱、そのなかに私の宝物がありました！　私は、月に一度は、クローディアスにあてて、フランス語で手紙を書きました。日常生活のことも含めて、できる限り詳しく書き送ることにしたのです。そのなかには、どうしても、女としての悩みも書くことにしたのです。いえ、書かざるを得なかったのです。

私の側にいる人間は、独身のルチア、重臣ポローニアス、それに老いた父だけです。誰一人として、人妻である私の悩みを聞いてもらえないのです。したがって、クローディアスに、すべてを訴えるほかはなかったのです。クローディアスから回答を得ることは期待しておらず、私は裸の女になって気持ちを伝えたかったのです。離れて住む恋人には、手紙を書くしかなかったのです。ちょうど、アベラールと引きさかれたエロイーズのように、私は書きたかったのです。

一方、クローディアスは冷静で、もっぱら、育っていくハムレットのことばかり心配していました。それに、殿方には、隠れて遊ぶ悪所へ逃げるという手もありました(クローディアスがそうだったとは思いませんが)。

「クローディアス様

いかがお過ごしでしょうか。ハムレットも二歳になり、言葉を話すようになりました。最近、国王は二人目の子が欲しいと言い出して、再び私に近づくようになりました。そのすべてを書くわけにはいきませんが、私はへきえきしています。国王との情交(適切な言葉ではありません。夫婦の当然のちぎりと呼ぶべきでしょう)は避けることができません。子をつくる目的もあります。ただ、私は子を身ごもることを避けるために、安全な日を選んでいます。安全な日であれば、毎晩でもかまいません。でも、安全でない日は体調が悪いと言って受け付けません。今から思うと、国王にしてみれば、新婚早々に私が身ごもったことが不思議だったことでしょう。私はいつも国王に言っています。女の体は謎に満ちていますと。いえ、人間は謎に満ちています。人の心のなかに入るドアもなく窓もないと、フランスの哲学者は言っています。心のなかは闇です。人が言葉を話さないとしたら、人間の内部は全く見えません。国王にとって、情交に応じる私の気持ちは全く分かりません。およそ、若いころから戦《いくさ》につぐ戦、刀と弓と槍の扱いしか学ばず、騎士道の分からない国王は、私の心のなかの十分の一も見通せてはいません。そもそも、王子ハムレットの父だと思っているのですからね！　でもこれは言い過ぎかもしれません。国王にも非はないのですからね。私はマリア様です。夫以外の子を身ごもるのですからね。私が望むのは、国王の死です。戦死が一番望ましい。ところが、このごろは、世の中は平和すぎます。スウェーデンは攻めてきません。ドイツ諸侯の間の衝突もありません。国王の名誉ある戦士は不可能なのです。もしも、国王に死があれば、クローディアス、あなたは堂々と帰国して王位を継ぐのです。そして、その次をハムレット王子が。私は悪い女でしょうか。私は王の死を望みますが、殺そうとは思っていないのです。王の自然死と貴方の即位を望んでいるだけなのです。小さな望みです。

ところで、困ったことがあります。国王との情交です。私は目を閉じて、上に乗っている相手が貴方だと念じているのです。そのせいか、私は女の歓びは不完全燃焼なのです。私は完全な歓びが欲しいのです。あのエロイーズも『あなたと分かち合った愛の歓びは、私にとって、それは甘美なものでしたから、私がそれを不快に思うことなどありえませんし、およそ記憶から消えることもないでしょう。どちらを向いても、私の目の前に立ちはだかるのはその歓びであり、それは欲望をかきたててやみません。眠っているときでさえも、その幻影がつきまとってきます』と、アベラールに書き送っています(『アベラールとエロイーズ愛の往復書簡』沓掛良彦他訳、岩波文庫)。エロイーズは強い女性です。私も、その強さを見習いたいところです。でも、貴方との情欲の日々が、懐かしいのです。つい本当のことを言ってしまいました。ごめんなさい。

かしこ　ガートルード」

これに対して返事が来ました。

「ガートルードへ。

お互いにつらい日々です。どうか待つことです。アベラールとエロイーズは再会もかなわず、アベラールは去勢されていました。私たちは、健康な体で生きています。また、幽閉されているわけでもありません。必らず、生きて会うことができます。今は、ハムレット王子の教育に全力をあげてください。

ヴェネチアから　クローディアス」

「クローディアス様

そちらの生活はいかがですか。こちらではハムレット王子も順調に大きくなり、一人で走りまわれるようになりました。一番好きなのは剣術ごっこで、女の子を追いかけまわしています。のどかな光景ですね。この間、ついにノルウェーで内乱が起き、王が出陣しました。あるいは、王の戦死もあるかと期待したのですが、内乱者が腰ぬけで、あっさりと和平になってしまったのです。王が戦死していれば、貴方と再婚できたのです（いいえ、貴方とは再婚ではなくて、初婚ですのよ。こう言った場合、サリカ法典でどうなるのでしょうか）。私は死の如く、強く生きようと思います。母としてたくましく生き、ハムレットを強い子に育てるのです。デンマークに幸あれ。

かしこ　ガートルード」

クローディアスから返事が来ました。

「デンマークの女性は強い。こちらイタリアのマンマもたくましく、しぶとく生きています。先日、ドージェ（統領）の立合いのもとに、マルコ広場で、剣術試合があり、私はフランス人の騎士を五人倒し、優勝しました。その試合を見ていたフランス王から、さすがバイキングの末裔だ。いつか、パリに来て仕えて欲しいと言われました。私としては、哲学などの知的能力も評価してもらいたいところです。最近では、さすがに一人身はさびしく、高級な娼婦を抱くこともあります。これは男の生理であって、愛ではありません。娼婦には肉欲がないと言われますが、人によって異なります。多くは、氷のように冷たい体の持主ですが、なかには燃える女もいます。運命に耐えつつ　ヴェネチアにて

クローディアス」

どうやらクローディアスには、娼婦を相手としても特定の女性はいないらしい。私は、ほっとしました。

三　情念

――これまで私は、あなたのうちに、あなた以外のものを求めたことはけっしてありませんでした。純粋にあなただけであって、あなたの財貨などではありませんでした。結婚のきずなも、結納金の類も望みませんでした。……妻という呼称の方がより尊く面目が立つように思われるかもしれませんが、私にとって愛人と言う名の方がいつだって甘美に響いたものでした。お気を悪くされないなら、妾

あるいは娼婦と呼ばれてもよかったのです

（『アベラールとエロイーズ愛の往復書簡』前掲書）――

デンマークをたって、十一年に及ぶヴェネチアでの勤務を終えて、クローディアスはフランス王家に招かれて、近衛士官頭として、パリに赴任しました。クローディアスは三十二歳、私は三十歳になっていました。

彼から手紙が来ました。

「ガートルードへ。

エルシノアのほうはいかがですか。先日のハムレットの肖像画はありがとう。白黒のデッサンですが、ずいぶん大きくなりましたね。次は、最近フランドルの画家ファン・アイクが発案した油の色絵具で描いたものを、ぜひ、見たいものです。生きたとおりに見えることでしょう。ハムレットは健康そうで、利口な子のようですね。目のあたりのどこかが、少し貴女に似ています。パリの王家に来て、二百人の騎士を束ねております。これらの騎士はいずれも二十代の若者で、王の身辺を警護し、いざ戦となったときには、王と共に出陣します。平時と戦時にいかようにも対応する、要の騎士群です。私の報酬も相当なものですが、オルレアンに小さな領地も与えられました。国王からは、そろそろ結婚して身をかためるように言われています。ときには、名家の姫君を宴会の席で紹介されたりします。確かに、パリの女はあでやかで、社交じょうずです。二十歳になったばかりの子もいますから、はっとするような美形であることもあります。しかし、私はいつも婉曲に辞退しております。お分かりでしょう。私には貴女がいます。いつか、エルシノアに帰り、貴女と結ばれたいのです。貴女の若いときの姿をいつも、思い浮かべております。当地では、貴族の奥方が恋人を持つのがならわしになっております。私のところへも、しめやかな封書がときどき届きます。でも、いつも読まないことにしております。私には、騎士物語の世界に興味がありません。私の任務を支える武術の鍛錬は欠かすことができませんが、残った時間は学問のために使っております。最近パリ大学に入学し、哲学と神学を学んでおります。このために、ギリシア語も学び始めました。当節、パリでは、フランソワ・ヴィヨン(5)とかいう詩人の詩が流行して、もてはやされています。戯言のような歌が多くて、憂愁や破滅を題材にしています。私は、これらとは一線を画する現実主義者です。生《なま》の世界を、今日一日、明日一日と生き抜かなくてはなりません。そして、いつか、エルシノアに戻りたい。北の海を見おろすエルシノア城に再び立ちたい。そして、ハムレット王子が私を継承するのだ。大団円だ。だが、一歩間違えると……

またのおたのよりをお待ちしています。

パリにて　クローディアス」

私は返事を書きました。

「クローディアス様

パリへの栄転おめでとうございます。フランス王家といえば、ヨーロッパ最大の大国。立派に出世されましたね。私もうれしい限りです。国王つまりあなたの兄上は、あなたのことをもうフランス人になったも同然だと申しております。ですから、フランス女性と結婚して、フランス王家の重臣となり、かの地で骨を埋めればいいのだと、常々、言っております。ハムレット王子は、あまり国王になつかないようです。血が騒ぐのでしょうか。国王も何か気に入らないことがあると、容赦なく王子を厳しくしかるようです。それが、愛情から出たものかどうか疑問に思うときもあります。しかり方の度が過ぎるのです。手を加えることも多いのです。ですから、私は私の居室に独立した部屋を王子に与え、二人の従者をつけております。王子はなぜか物思いにふける子で、ときどき、ぼんやりと考えごとをしたりします。もう十一歳になるころですから、本格的に教育する必要があります。家庭教師をつけ、ラテン語とフランス語の学習を始めています。それにしましても、デンマーク語の発音はむつかしいですわね。お隣りのスウェーデンの言葉は流れるような美しいアクセントですのに、デンマーク語は、のどの奥でわめくようですわ。王子も、この際、きれいなフランス語を身につけることでしょう。貴方も、フランス語をさらに完璧にして、フランス宮廷のトップを目指すことを祈ります。たしか、イタリア人でも王の最高顧問になった人もいたはずですから。最近当地でも、スコーネ地方のルンドに大学が設立され、神学部が最初の学部となりました。次は哲学と医学の学部が、順次設けられ、パリ大学のようになるでしょう。後進国デンマークも、フランス人に追いつかなくてはなりません。言いにくいことですが、貴方がそちらにて結婚することは避けてくださいますように。私の夢は、いつの日か貴方が帰国し、デンマーク国王となり、私と再婚(いいえ正式の初婚)をすることです。国王との結婚は、強制による結婚で、無効ではありませんか。私は神の名において、貴方の妻です。そして、間違いなく、ハムレット王子は私たちの子なのです。『待てば海路の日和あり』という言葉があります。私たちは、ひたすらに、耐えて待つのです。重荷を運ぶ蟻のように。そうすれば、必ず、勝利の日が来ます。

かしこ　ガートルード」

国王と私の日常生活は、くるくる回る車輪のように、惰性でつづいていました。ドイツやスウェーデンなどの隣国との争いもなく、国際的な大事件もなく、国王は毎日、法を裁可し、国民から税をとりたて、週末には狩りをして、淡々と過ごしていました。私のほうも、ハムレットを教育し、残った時間で本を読み、侍女ルチアとブナの森で散策したりしていました。

一方で、密かに、国王の突然の死去を期待し、日曜のミサの祈りの対象にしておりました。人の死を祈るのは、何と罪深い女だと思われるかもしれません。しかし、国の決定によって、本人の意志に反して国王の妻にさせられた人間にとり、それは唯一の救済でした。復讐と言ってもいいでしょう。国王に死を！　デンマークに死を！　本当のところ、いつになったら、クローディアスは帰国できるのでしょうか。国王は絶対的な権力者であって、今は重臣となったポローニアスでさえ、すべて国王の意に沿って行動しており、クローディアスの帰国など、仮に私が上申したとしても、実現することではなかったでしょう。この時代の私の唯一の問題は私の内部にありました。三十代になった私のなかに、以前よりも増して、女の欲情が涌いてくるのです。姿の見られぬままに、クローディアスに恋い焦がれている自分を見たのです。私とクローディアスを結び付けていたのは、何よりも、身の内に燃えあがる色欲だったとさえ思うのです。私の肉欲は恥ずべきものなのでしょうか。私を肉欲に駆り立てたものは、いったい何なのでしょうか。できることならば、今すぐにでもパリに行きたい。パリに行って彼に逢いたい。しかし、パリはエルシノアからは、余りにも遠いのです。それから、私はむさぼるように、フランスの詩(バラッド)を読み始めたのです。そのなかには、もちろん、フランソワ・ヴィヨンのバラッドもありました。ヴィヨンはバラッドの名手です。なかでも、「古代美姫の賦」と題するバラッドはよく知られています。その一節には、エロイーズとアベラールのことがうたわれています。

明智のむすめエロイイズ
この君ゆゑに戀《こひ》ゆゑに

局刑《きょくけい》の掟をうけてアベラアル
サン・ドニに新發智《しんぼち》となる
またいづこ
かの大后《おおきさき》
犠牲《いけにえ》のビュリダンを袋《ふくろ》に封《ふう》じ
生きながらセエヌの河に流せしは
去歳《こぞ》降りし白妙《しろたえ》の雪《ゆき》はいづこぞ

（『巴里幻想譯詩集』矢野目源一訳、国書刊行会）

エロイーズは結婚の絆は望まないと書いていますが、私は、クローディアスとの結婚も切望していました。情愛と結婚の二つが欲しいのです。私は強欲な女なのでしょうか。クローディアスは、ヴィヨンに興味がないと手紙に書いていますが、私は、ヴィヨンは人間の生きている真の姿を描いていると思い、彼のバラッドはすべて愛読しました。これは、大きな慰みとなりました。そのほかのバラッドには、さらに私の心を慰めるのもありました。ギヨオム・ド・ドオルの「娘ドエット」と題するものも、その一つです。

娘《むすめ》ドエット容貌《きりょうよ》美し
窓《まど》のところでしょんぼりと
本《ほん》は讀《よ》めども上《うは》の空《そら》
それもそのはず愛しい殿《との》は

槍薙刀《やりなぎなた》に命を賭《は》って
何処《どこ》で旅寝《たびね》をなさるやら
これが泣《な》かずに居《お》られうか　（前掲書。矢野目源一訳）

事情はともあれ、フランスにいるクローディアスを思う私の気持と全く同じなのです。私は思いあまって、クローディアスに手紙を書きました。

「クローディアス様
久しぶりに手紙を書きます。お元気のことと存じ上げます。こちらの生活も、かわらず淡々とつづいております。離れれば離れるほど、私はあなたを想っております。一日も早い帰国が実現することを、毎日、祈っております。私はエロイーズです。でも、エロイーズは修道女です。神と祈りと共にあります。現世にある私は、現世のことを思うのみです。貴方は、ヴィヨンをお好きでありませんが、ヴィヨンはエロイーズとアベラールのことをバラッドでうたっており、私はそのバラッドにひかれます。事情は異なれ、パリを追放されたヴィヨンは、エルシノアを追われた貴方と同じです。ただ、漂泊のヴィヨンと違い、貴方はフランス宮廷に立派に仕えておられます。尊敬しております。そのようなわけで、私はバラッドを読むことによって、慰められています。私が最も慰められるクリスチーヌ・ド・ピザンのバラッドを次にお書きします。バラッドの基本は、八行詩三連と反歌四行詩から成りますが、各連の最終行を合わせるという約束があります。ピザンは、良人に死別したあと、フランス宮廷のなかで三人の子を育てながら、恋愛詩のほかに、運命の苦杯をなめつづけてきた一女性の孤独な苦悩、胸に迫る哀感をうたっています。私にはバラッドをつくる才覚はなく、その私の代わりにうたったと思ってお読みください(ただ、ここでは、七行詩三連になっています)。

「想夫憐」(夫を想うバラッド)

われはひとり　さても孤《ひと》りのなつかしき
われはひとり　背の君《きみ》におくれ参《まゐ》らせて
われはひとり　主《ぬし》もなく伴侶《とも》もなく
われはひとり　悲しさの切《せつ》なさの身《み》に沁《し》みて
われはひとり　身も世《よ》もあらぬ嘆《なげ》きする

われはひとり　たとへしなくもうらぶれて
われはひとり　夫《つま》なき後《のち》を存《ながら》うる

われはひとり　門邊《かどべ》に窓《まど》に立《た》ちつゐつ
われはひとり　物蔭に身《み》をひそめ
われはひとり　涙の乾《かわ》く間《ま》もなくて
われはひとり　悲しさに心《こころ》まぎるることあれど
われはひとり　慰む術《すべ》もなし
われはひとり　閉せる部屋《へや》に垂《た》れこめて
われはひとり　夫なき後《のち》を存《ながら》うる

われはひとり　あはれ身をおく何処にも
われはひとり　道行《ゆ》くも席《せき》にありても
われはひとり　人の世《よ》の外《ほか》にもあるかとばかり
われはひとり　なべてより見捨てられ
われはひとり　こちたくも卑しめられて
われはひとり　凍る涙《なみだ》を胸《むね》に秘めつつ
われはひとり　夫《つま》なき後《のち》を存《なが》うる

反歌
歌君《うたぎみ》よ。胸の痛《いた》みもいまさらに
われはひとり　ありとあらゆる苦悩《くるしみ》に苛《さいな》まれ
われはひとり　顔の色《いろ》　墨《すみ》より暗く
われはひとり　夫《つま》なき後《のち》を存《なが》らうる

（前掲書。矢野目源一訳）

でも、ピザンの場合と異なり、私には生きている貴方がいます。いつの日か、エルシノアに戻る日が来るのです。唯一にして最大の私たちの望み。私は待ちつづけます。

かしこ　ガートルード」

四　再会

——婦女のいかりは
怖るべし
人なべて
こころすべきぞ。
おみなごは

恋しえやすく
おみなごは
憎みもやすし。

トマ・ド・ブルターニュ
(『トリスタン・イズー(イゾルデ)物語』
ベディエ編、佐藤輝夫訳、岩波文庫)——

クローディアスがデンマークの土を踏んだのは、じつに、デンマークを去ってから二十一年後のことでした。ヴェネチア公国に十一年、フランス王家に十年仕えた結果として、フランスでは、伯爵の地位とそれに伴う領地も与えられていましたが、対岸のスコーネ地方の不穏が長くつづき、国王の分身として、誰かが統治する必要が生じたのです。白羽の矢がクローディアスに立つのは、自然の流れでした。国王の唯一の弟であり、フランス宮廷でも重臣に昇りつめていたのですから。帰国したとき、彼は四十二歳、私は四十歳になっていました。

一方、国王は五十一歳、ハムレット王子は、立派に二十歳の成人となっていました。クローディアスは伯爵に、まず叙任され、知行として、スコーネの全部が与えられました。また、スコーネの古都ルンドの古城がその居城となりました。事実上、ルンドの王とも呼ばれるようになりました。突然の帰国、突然の栄転。しかし、これが、私たちにとって幸せだったのかどうかは、神のみが知ることでした。

クローディアスは、パリ大学で哲学と神学の博士号を取得していたのです。武人にして学者。彼は文武両道の鏡でした。国民も国じゅうの貴族も、彼の帰国を称賛していました。これからは、フランス帰りの彼の働きによって、デンマークも文化国家になると期待されていたのです。彼の学識を活用するために、領主でありながら、ルンド大学の哲学と神学の教授も兼務して、大学で講座を担当することにもなりました。

クローディアスの帰国を祝う大宴会が、エルシノア城の大広間で催されることとなりました。国じゅうの貴族が招かれました。しかし、ウィッテンベルク大学に遊学していたハムレット王子だけは、なぜか、招かれませんでした。私はこれについて、猛然と国王に抗議しました。

国王は、大宴会といっても国内の貴族が集うだけの内輪のことだし、ドイツは遠いし、息子でもなく半人前の甥ではないかと言って、とりあげてくれません。でも、神のみぞ知る。ハムレットはクローディアスの息子なのです。絶対に譲ることはできません。私は、ポローニアスの息子レアティーズもイタリアに留学していることを思い出し、ポローニアスにたずねると、この宴会のときにたまたま帰国しており、その流れで宴席に出ると聞き及びました。私はこのレアティーズのことを利用して、ハムレットの帰国を国王に迫りました。数少ない肉親と初めて会う機会となるとも主張しました。国王もついに折れて、ハムレット王子への招待を承諾しました。

ただ、私の激しい余りにも執拗なこだわりに、国王は少し不信感を抱いたようでした。国王にもう少し女性の微妙な心の動きを察知する能力があれば、ことの重大性をもっと理解できたことでしょう。

クローディアスとわが子ハムレットの再会、いえ初めての面会はこうして実現しました。

フランス風の風俗を貴ぶデンマーク王室の宴会は、いつも、はなやかなものでした。

でも、そんなことよりも、私の最大の喜びはクローディアスとの再会でした。彼は、どんな男性になっているのでしょうか。きっと、洗練されていることでしょう。フランス風の騎士になっているでしょう。それを思うと、心がそわそわしてきます。

私は宴会が近づくのが楽しみでした。私と彼の関係を知る侍女ルチアは、私の満足した様子をそばから、じっと眺めていました。私は、エロイーズで終らなかった。ついに、愛する人と再会できるのだ。私は胸がいっぱいになりました。エルシノア城の中庭で初めて彼と出会ったときのことを思い浮かべました。

そうだ、できる限り若く見えるようにしなくては。まず着るものはどうしよう。私は、デンマーク風のおさえた身づくろいをしようと思いました。けばけばしいパリ女のような化粧は避けよう。あれやこれや、さまざまなことを考えました。

宴会の会場でクローディアスの姿を遠くから見たとき、私はたちまち、花も恥じらう十八歳の乙女に戻りました。胸がどきどきして、息が詰まりそうでした。顔もきっと、ピンク色に染まっていたことでしょう。彼はゆっくりと会場に入って来ました。会う人ごとに会話を交わし、私のほうへ近づいてきます。

私はすぐに理解しました。ここでは、普通の「義理の弟」と「義理の姉」でなくてはならない。彼と私は、ぎこちなく頭を下げ、きまり文句のようなあいさつを交しました。ただ、私はそっと、ルンドには月に一度の日曜日に、大聖堂でのミサに行くことを伝えました。これで十分です。彼はいつかそこへ来て、私と話ができるでしょう。この狭い宮廷のなかで、手紙を交換するのは危険すぎるのです。

ハムレット王子はクローディアスと会った直後は、初対面でしたから、かなり固くなっていましたが、やがてシャンパンを交してワインを飲み、酔いが回ると、哲学を語り、だいぶ盛りあがったようです。父と子が二十年を経て、初めて会っていたのです！　あの別れのとき、私たちがうたった歌のように。クローディアスだけが、わが子と会ったことが分かりました。

しかし、さすがに世慣れていた彼は、極く自然に、「甥」を相手に楽し気に話題をかえて行きました。

もしも、私たちが建て前どおり、つまり法律にしたがって、「義理の弟」と「義理の姉」の関係を続けていたならば、何事も起きなかったことでしょう。あと十年、いや最低でも五年待てば、国王の自然死を期待できたことでしょう。五十一歳の国王は、すでに五十歳の平均寿命を越えていたのですから。文字どおり、「待てば海路の日和あり」の言葉を守っていれば、熟柿のように、大団円が私たちの手にころがり込んで来たことでしょう。何事もなく、クローディアスはこの国の王になったことでしょう。

しかし、クローディアスはともかくとして、少なくとも私は、四十歳になった女ざかりの最後のときに入っていたのです。二十年ぶりの愛する人との再会なのです。愛する人が目の前にいるのです。彼はヴェネチアでもなく、パリでもなく、このエルシノアにいるのです。逢いたいという気持ちなど、抑えることはできるのでしょうか。血のさわぐのを止めることが可能なのでしょうか。私はエロイーズではなく、イゾルデになるのだと、心のなかで決意していました。

問題はどのようにしたら、密かに、クローディアスと逢えるのかの一点だけです。賢明な方法があるのでしょうか。

スコーネ地方はエルシノアと陸続きではなく、海で隔てられています。エルシノアからスコーネの海岸へ渡る距離は二マイル、舟で行けばわずか三十分です。そこから南のルンドに行くのは、アラブ馬で飛ばせば三十分で行けるのです。つまり、六十分あれば、エルシノアからルンドに行けるのです。エルシノアから六十分で、クローディアスのいるルンドの居城に辿り着けるのです。

しかし、私が彼の城に行く用事は、まったくありません。それに、たくさんの家来が彼のまわりにいて、近づくことさえ不可能です。彼がエルシノア城の私の部屋に来るのは、なおさらたいへんです。戦争にでもなり、国王が長期に不在にでもなれば、闇にまぎれて、どこかで逢う手段もあるのかもしれません。しかし、平和な時代にそのような混乱を期待することができません。残る方法は、正当な理由を見つけ出し、正々堂々と逢うことしかありません。

一つの方法は、月に一度の日曜日にルンド大聖堂でのミサに参列するときを利用することです。これを毎週に変更すれば、月に四回、彼に逢うことができます。しかし、長年にわたって、月に三度はエルシノアで、月に一度ルンドでミサに参列してきたのです。急に、そのような変更はできませんし、変更したら、周囲から疑われるでしょう。

あれやこれや考えた末に思いついたのは、彼がルンド大学で行っている哲学と神学の講義を利用することでした。そうだ、この講義の聴講生になれば、彼に堂々と逢うことができる。この彼のラテン語とフランス語とによる講義を聞けばいいのだ。毎週、二度逢うことができる。そのうちに、いい機会を見つければいい。

しかし、この案といえども、国王は不信感を持つことでしょう。この歳になって、急に大学へ行くと言い出すのは、奇妙な話です。でも、国王といえども、私がラテン語とフランス語に通じており、フランスの哲学や文学に関する本を読んでいることは、既に十分知っていたのです。私は早期にエルシノアを出て（信用させるためにルチアを伴って）、スコーネに渡り、夕方までには平然とエルシノアに戻る計画を立てて、国王に話す機会をうかがっていました。

国王は、なぜ今ごろ学問だ、女には学問は不要だと言いましたが、教養を高めれば、国王の妻として、外国の使節とも臆することなくわたりあえるので、国のためにもなると説得しました。武骨な国王は荒々しいデンマーク語しか話せませんでしたから、この私の説明に最後は納得しました。それから一か月後の日曜日、私はいつものように月一回のルンド大聖堂でのミサに出かけました(日曜日はルチアの休日ですから、私が一人で行きました)。

ところが、驚いたことに、説教をしたのは大司教ではなく、クローディアスだったのです。まずはじめに、クローディアスは、大司教が急病になったので、本日はルンド大学の神学教授でもある自分が、その代行として説教をすると説明しました。ミサの参列者は、それを聞いて納得しました。

その日の参列者は、六十人ほどでした。彼は、一時間ほどの説教をしたのです。驚きのあまり、説教の内容は理解するどころではありません。二十年以上も別離の状態にあった愛しい恋人が、生身の人間として、わずかな距離のところで、話しているのです。私は前から五列目のあたりに席をとっていましたから、彼のすべてが見えます。その声、表情、立ちふるまいは、昔とかわらず、貴族の中の貴族でした。細身の体つきは、いっそう細くなったかに見えます。フランス仕込みの教養が、あふれでています。私は、席のなかで、わなわなと震えていました。

そのあとの儀式はいつもどおりでした。しかし、いつもの年老いた大司教ではなく、若い美男子の領主のミサはどんなにか感動的だったことでしょう。若い女性はもちろん、老女までが感銘を受けていました。うす絹をまとった私が王妃であることに気付く人は、誰もいませんでした。私は常日ごろ、目立つ行動を避けることとし、王の陰に隠れていたからです。

ミサが終わり、人びとがいなくなり始めた頃、クローディアスはつかつかと私のほうに近寄ってきて、そこのご婦人、告白したいことがあるとのことですね、と自然に話しかけてきて、教会の奥のうす暗い懺悔室を指さしました。そこはほとんど真っ暗の告解の場所でした。

彼は私の手をとり、静かにその真っ暗な部屋に誘《いざな》いました。二人が座るだけの空間です。ミサの参列者はすべて去って、誰もいません。二十一年ぶりの逢い引きでした。いきなり、互いに抱き合ったのです。言葉はありません。二人は言葉を失っていました。強く強く抱き合うのです。

それは長い時間でした。自分たちが、どこにいるのかも忘れました。神聖な懺悔の部屋は一変しました。互いの舌が口のなかに入り、舐め尽くすのです。口、顔、首、髪どこもかしこも舐めるのです。男と女でした。二人の目からは、涙があふれました。最初の言葉は、「逢いたかった」の一言だけでした。どれくらいの長い時間、抱き合っていたことでしょう。この聖なる場所は、愛欲の場となっていました。神様もお許しくださることでしょう。

気持ちが落着いたとき、クローディアスが言いました。貴女が私の哲学と神学の講義を聴きたいと学長から聞きましたので、午後の予定であったのを午前に変更しました。来週の月曜と火曜の午前十時に来てください、テキストはそのとき渡します。

翌週から、私は侍女ルチアを連れて、ルンド大学に通いました。出発は遅くも朝八時。スコーネ側の船着き場に着くのが九時前。ルチアはここで、午後まで私を待ちます。私は用意された馬車に乗り、ルンドまで運ばれます。

月曜日は、アリストテレスの哲学、火曜日はアベラール・エロイーズ書簡集がテキストです。いずれも、ラテン語で書かれていました。授業に出ていたのは若い学生で、いずれのクラスも、出席者は七、八人でした。

私は貴族の行き遅れた娘という、ふれ込みで特別聴講生でした。学力は一番あるのですが、それをおくびにも出さないように心がけました。誰も王妃などとは、夢にも思いませんでした。

授業が終わると、学生らは散会し、学内に人気《ひとけ》がなくなったころを見計らって、私はそっと彼の教授室に入りました。この部屋では、余り多くのことが話せません。隣室の壁がうすいのです。ここは落ち合う場所とし、その後、私たちは一頭の巨大なアラブ馬に乗り、一マイル離れた彼の隠れ家に向かうことにしたのです。

隠れ家は、ルンド城主の別荘だったのです。別荘は五室あり、一番奥の部屋は大きな寝室でした。隠れ家に着くと、私たちはただちに奥の寝室に向かったのでした。庭に面した部屋には、明るい日差しが入って来ます。彼はさっと厚いカーテンを引きました。ほとんどまっ暗になりました。

「今日は私を思い切り愛して！」と私は叫びました。彼もそれにこたえて、「二十一年分愛してやる！」と叫びました。

私たちは、断食を終えたイスラム教徒でした。彼は立ちながら、私の上着を胸まで持ち上げました。そして、私の乳房を手にとり、そっと接吻し、乳首を口に入れて愛撫しました。その後、私はベッドの上に押し倒されました。毛布が広げられ、その下で二人の体は重なりました。二人とも生まれたときの姿になり、私はしっかりと抱きしめられました。彼の口が、私の体の上から下までなめまわす。私は何度も激しく嗚咽する。「いい気持ち、いい気持ち」と、叫び続ける。体全体が、言いようのない快楽でしびれる。二十年間味わったことのない歓びです。

私の体の中に何かが侵入してくるものがあり、私の体全体が震えました。私は、思わず彼にしがみつきました。しかし、体内に入ってきたものは、固いごつごつしたものではなく、彼の優しさでした。彼のリズムのある連続する動きに反応して、私はさらに興奮して、やがて頂点に達しました。私は、最後に大きく叫びました。至上の悦《よろこ》びに襲われました。

そのあと、私の胸に大きな安らぎが訪れました。すべてが終わったのです。いえ、これは終わりの始まりではなく、始まりの終わりだったのです。私たちの愛は幻影ではなく、まさしく、現実の愛の狂気、情欲の炎のなかにあったのです。この愛を止めるものは、何もありませんでした。発覚するとか、発覚すれば何もかも失い破滅するとの思いは、愛が終わった後に、生まれたものでした。それも、ほんのわずか、かすかなものでした。

その後、私たちは毎週、別荘で逢いました。当初は、できる限り、短い時間で滞在を切り上げましたが、それは次第に長くなり、やがて夕方近くになりました。夏の季節でしたから、夕方遅くになっても、真昼のようでした。ただ、スコーネの海岸で私を待つルチアは、退屈な思いをしたことでしょう。それでも、どんなに遅くとも、エルシノア城の夕食の時間の一時間前には城に帰り、普通どおり夕食を取りました。見た目には、平常どおり、生活しているように見えたでしょう。

国王の前では、私はむしろ冷静でした。国王は、大学での勉強はどうだなどとたずねることはありませんでした。ただ、国王との夜の生活はかわりました。その頃まで、夜の情交は月に一度あるかどうかでしたが、その頻度はかわらなかったものの、私の体が少しかわったのです。王と交わる私の体の反応に変化が生じていたのです。それまで、かすかな情欲に対しかすかな歓びの声をあげていた私が、どういうわけか、獣のようなうなり声をあげるようになったのです。

結婚して二十一年。私の愛の反応は淡泊なものとして理解し納得してきた王にとり初めての経験でした。狩りが趣味で、これまで愛姫《あいき》をかこうこともなかった国王（これがこの国王の最大の美点ですが）にとり、信じられないことでした。おまえ、最近かわったな、何だかものすごい興奮だ、といぶかるのです。このとき、私はさりげなく、女性は四十を過ぎるとみなそうですのよ、誰かに聞いてごらんなさいとかわしました。王は、近くのお付きの男女にどうやらたずねたらしいが、少し、納得したようです。

この後、国王は夜になると、これまでよりも頻度をあげて、私の寝室に忍んで来ることになりました。私は四十歳を過ぎ、戻ってきた恋人との激しい愛を受けて、変貌し成熟したのです。毎週のクローディアスとの逢い引きは、大きな歓びでした。自分の年齢も相手の年齢も忘れていました。二十歳の頃の気分でした。ただ、一抹の不安と、王に対するわずかな心の痛みだけは常にありました。しかし、それはむしろ、私たち二人の感情を高める刺激でもありました。私たちは、むさぼるようにして、愛し合いました。こうして、四か月が過ぎて行きました。

今から思いますと、私の人生の絶頂期でした。ハムレット王子は成人して、ウィッテンベルクで、哲学と法律を学び、将来の王位継承は約束されています。愛するクローディアスは私の手のなかにあります。このクローディアスは、私にとっていったい何なのでしょうか。そもそも、彼とは婚約していた仲でした。それを王が横取りしたのです。私は王の法律上の妻ですが、私の本当の心のなかの夫はクローディアスです。ハムレット王子は王の法律上の子ですが、真実はクローディアスの子なのです。神様、いったい私は何なのでしょうか。いったい私たちは何なのでしょうか。神様、私たちは許されない不義の人間なのでしょうか。私は愛しています。クローディアスも、ハムレット王子も。私はいつも教会で祈りました。神様どうかお許しください、マリア様どうか私たちをお守りください、どうか、この幸せが一日も長くつづきますように、と。

それから一か月後、私とクローディアスがアラブ馬に乗ってルンド大学の門を出ようとしたとき、前方から学長が歩いてきました。彼は馬上の私たちを見て、怪訝《けげん》な顔をしたのです。状況をとっさに悟ったクローディアスは、やあ学長さん、王妃に急な用事ができて、船着き場まで送っていくのです、と説明しました。でも、これで納得できるものでしょうか。王妃ならば、当然、馬車を呼んで帰るのが普通です。私たちは、夜の闇にまぎれて、逢い引きをするべきだったのかもしれません。しかし、むしろ、白昼堂々と二人でいるほうが、疑いが少ないと考えていました。方法が何であれ、秘密の逢い引きはむつかしく、危険と隣り合わせなのです。

それから二週間後、クローディアスは、スウェーデンに外交特使として派遣されることになりました。急な話でした。スコーネ地方とスウェーデンの教会の争いが発生していたのです。これは国家間の争いですから、まず、全権公使同士の交渉から始まるのが普通です。ルンドの王と言われる国王の弟がすぐに出て行くのは、異例中の異例です。これでは、交渉が行き詰まったときに困ります。外交官の発言は、国王が後に取り消せますが、国王の弟は国王の名代ですので、発言によっては、のっぴきならない状況となります。逼迫《ひっぱく》した事件でもありませんでした。

クローディアスは、ストックホルムに十日間滞在しました。交渉の成果があがりませんでした。クローディアスは、スウェーデンとスコーネの境界にまで行って調査しましたが、肝心の目印が見つからず、双方の主張は離れたままに終わったのです。

五　発覚

その一週間後の午後の早い時間に、めずらしく、私は国王の部屋に呼ばれました。初めてと言っていいでしょう。がらんとした広い王の部屋には、国王のほかには、誰もいませんでした。私は異変を察知しました。国王の顔が少しひきつっていたからで、何かあると思いました。

王は、おもむろに口を開きました。王妃、最近おまえはルンド大学で聴講しているが、うまく行っているかと尋ねました。私は、フランス語もラテン語も十分に力があるので、教材は難なく理解していますと、答えました。すると、王は、それはよかった、だが教授が問題だ、クローディアスとお前がアラブ馬に乗っているという者がいる、乗馬も授業のうちか、と聞くのです。あら、そんなことですか、急いでいたとき、帰りの船着き場まで送ってもらっただけです、と答えました。王は毎週二人で馬に乗っているという噂《うわさ》もある、とさらに攻めてきます。それは、大袈裟に言っています、せいぜい、月に一回です、と私はつっぱねました。王は、それはまあいいさ、馬に乗るのも気晴らしだ、それでは証拠を見せようかと言って、腹をくったようでした。

王は言いました。この手紙の束を見よ、この間、クローディアスのスウェーデンへの出張のときに、全部押収したんだ、おまえの手紙も、おまえがルンドに行ったときに、部屋から集めたんだ、ルチアだって二十四時間部屋にいないからね、と自信ありげに言いました。手紙くらい書きますよ、と私は冷静に言うと、この手紙は全部フランス語でわたしは読めない、だから、フランス人にデンマーク語に翻訳させた、昼夜兼行でやらせたんだ、これは全部ラブレターだ、と言って、王は私を見つめました。え、ラブレターですって、それは言葉の遊びですよ。フランス語の勉強ですよ、トルバドゥール気取りで、当節の流行を試したまでです、仮に愛していますと書いても、それは不倫にはならないですよ、王も法務顧問か裁判官に聞いてご覧なさいよ、私と紙の上での愛ではなく、肉体の交わりが不義というものです、と私は最後まで、つっぱりました。私とクローディアスが別荘にいたという者もいないはずです。乗り切れると思いました。

それでは、これはどうだと言って、国王は二枚の紙片を差し出しました。古い手紙でした。

一つ目は、

「クローディアス様

突然のお別れのときが来てしまいました。私は新国王と結婚させられ、貴方はイタリアに旅立ちます。長い別離となりましょう。けれど、いつの日か、このお腹なかの子が成人するころには、デンマークにお戻りください。そのときまで、私はこの子を立派に育てます。この国を治める王として、あなたの子として。どうか、異国のつとめを果たし、並ぶことなき騎士として大成されますように。このお別れに際して、歌をよみます。

ちぎりせし二人のかたみ雄雄しくも　ますらおとなりぬ二十歳《はたち》の春に」

二つ目は、

「愛しいガートルードへ。

去りゆけど再び来るらむその君の　雄雄しき姿まみゆるときかも

クローディアス」

という手紙でした。

私は絶句しました。あの別れのときの手紙でした。王はつづけました。これが動かぬ証拠だ、二人は愛し合っていた、わしとの結婚の前に、それは仕方のないことかもしれない、しかし、それだけではない、ハムレット王子はおまえらの子供だ、わしの子ではない、なんということだ、二十年以上もわしを騙したのだ、と言って王はため息をつきました。

王はさらにつづけました。ここまで来たら、クローディアスは打ち首、デンマーク伝統のギロチンによる打ち首、公開処刑だ、おまえとハムレット王子は永久追放、ノルウェーやイギリスではない、ロシアの果てシベリアに送る、そこで狼に食われて、野たれ死にをすればいいのだ、と。

私は来るべきものが来たと思いました。覚悟をしました。最後に言っておかなくてはならないと思って、口を開きました。弁明はしません、私たちは悪いことをしたわけではありません、不義でも不倫でもありません、私たちは、初恋同士でした。純粋に愛し合っていたのです、ハムレット王子は、その結晶です、国王、あなたはあとから来たのです、でも、国王にも非はありません、すべては神のおぼしめしです、と私は語り、最後に一つだけお願いがあります、一か月ほどの時間をください、心の整理をするのです、と述べました。

私が自室に戻ったとき、奥様どこかお悪いのですか、顔が土気色《つちけいろ》です、とルチアから言われました。デンマーク古法にもとづく死刑は、残虐なものでした。何千もの群衆が処刑場をとり囲む公開の処刑でした。死刑を宣告された囚人は、まず右手首を切り落とされ、つづいて、台座の上に首をさしだし、ギロチンが急速度で上から落とされ、首が切り落とされるのです。群衆の楽しみであり、みなに晒《さら》されます。私も、何度も遠くから見たことがあります。さらに、死体の手足は四頭の馬に縛り付けられて、鞭《むち》で強く打たれた馬が走り出し、体は八つ裂きにされるのです。わあっとわき起こる群衆の歓声。クローディアスがこのように処刑される。そう想像すると、体じゅうが凍りつきました。

クローディアスは、王に殺される。このまま座して死を待つのでしょうか。クローディアスと相談するべきなのでしょうか。私は一人で、何日も何夜も考えつづけました。眠ることもできません。

その結論は一つしかありませんでした。「殺される前に殺す」。これしかないことに気づきました。「王からの処刑を受ける前に王を殺す」しか選択の余地はなかったのです。王に死を！　私は自分一人で、国王を殺すことを決意しました。クローディアスに相談することもしません。彼の手を汚さないのです。私一人が密かに王を殺せば、クローディアスは清らかな手で王位を得ます。そして、やがて次のハムレット王子も王位を継承します。私が王の殺害に成功すれば、デンマーク王家は安泰です。

六　毒殺

どうすれば国王を私一人で、秘密裏に殺すことができるのか、それがまさに問題です。私の短剣の一突きで王を殺すことなど不可能です。護衛がいてもいなくても、一対一であっても無理です。たくましい巨体の王を、ひ弱な私の腕の力で突き殺すのは、夢物語です。それに、血が流れては事件が発覚してしまいます。宮廷全体がおおさわぎになります。誰にも見られずに、密かに王を殺す。私一人で。そうすれば、私の秘密は守られる。妙案はないのでしょうか。時間は一か月しかありません。私は自分の顔を鏡で見ると悪魔のようで、ぞっとしました。

このとき、悪魔の手でも借りたいと思うに至りました。悪魔！　そうだ、悪魔といえば、昔、クローディアスと共に出会った魔女の禁句を突然思い出しました。そうだあのとき、「おまえは、絶対に蛇に手を触れてはならない。蛇に手を触れるとき、おまえは破滅する」と私に魔女が言ったのです。突然このとき、蛇といえばその毒を使えばいいとひらめいたのです。ここは一か八か、破滅など恐れず、何としても蛇の毒にかけるしかない！

毒殺はフランス王家の争いでも、よく用いられました。騎士物語でも毒殺の場面がよく出てきます。ここまで来ると、私一人の手に負えません。侍女ルチアに相談することにしたのです。ルチアは唯一の味方でした。ルチア、どうしたら、蛇の毒で王を殺せるの、と私はたずねました。ルチアは、私の話を聞いて、深刻な顔をして、考え始めました。

第一の難問は、どうしたら蛇の毒が手に入るかです。他の毒、例えば、砒素のような毒薬でも同じです。第二の難問は、その毒をどのようにしたら、王の体に入れられるかです。例えば、食事のなかに毒がまぎれこんだら、それを王は食べて死にます。苦しんだとしても、人は自然死だと思うでしょう。でも、王の食卓は常に専属の女官が管理していて、二人の人が毒味をしてから、王が食べ始めます。それに、そもそも、王の食事をつくる調理室に入ることができません。私たちは、ため息をつきました。

王を密かに殺すのは至難のわざです。あれやこれや、私とルチアは何日も考えつづけました。頭が痛くなります。王が一人のときに、王を毒の力により密かに殺す。このようなことが、可能なのでしょうか。

ついに、ルチアが妙案を思いつきました。第一の難問と第二の難問を一挙に解決する方法があります、一石二鳥です、それは毒蛇そのものを使うのです、王は昼食後に庭で昼寝をすると、ポローニアスから聞いています、王の昼寝は二時間ですので、その間に毒蛇を送り込むのです。毒を持つ蛇が王にかみつき、毒を与えるのです、と言いました。そのとおりです。王は昼食にフランス・ワインを一本まるまる飲み、そのあとぐっすりと寝るのです。

王の好物はデンマーク産の牛の肉、それを赤ワインと共に食べて眠るのが、王の楽しみであったのです。広間での昼食を終えると、王は一人で螺旋《らせん》階段をおりて、庭につづく果樹園まで歩き、そこに建てられたあずまやで午睡をとるのです。ワインで酔っ払った王は、たいていぐっすりと二時間ほど眠るのです。果樹園は外壁と堀に囲まれており、外敵におそわれる心配はなく、したがって、昼寝のときには、護衛がつかないのです。まったく、絶好の機会なのです。毒蛇に王の耳でも唇でも手でもかみつかせれば、まさに自然死です。王の死体のまわりに蛇がとぐろを巻いていれば、家来の誰もが納得するでしょう。王は毒蛇に殺された、と。

でも奥様、どこで蛇を見つけるのですか、とルチアがたずねました。私はすぐに返事ができました。あの美しいブナの森には、たくさん蛇がいるのよ、赤い斑紋のある蛇が毒蛇なのよ。大きいのもいるけど、私の腕ほどの長さでも十分に毒があります、

私は小さいころから、毒蛇に気を付けるように言われてきましたから、良くわかって
いますのよ、と自信をもって言いました。
その翌日から、私とルチアは必死になって、ブナの森で毒蛇を捜しました。つかま
えるための、はさみつける用具と、籠を用意しました。しかし、目ざす毒蛇はなかな
か見つかりません。青色の蛇は、森の道で数多く這いまわっていますが、毒蛇ではあ
りません。三日間、毒蛇を捜しまわりましたが、見つかりません。
三日目に樵《きこり》と出会って、不審な目で見られました。何を捜しているのかと聞かれま
したので、毒蛇を研究している学者だと答えると納得しました。すると樵は言いまし
た。相手は生き物です、おびき出すのが最善です、赤ガエルなどの餌を使えば、蛇は
近寄ってきます、そのときがいい機会です、と助言してくれました。

おぞましい話だと思いましたが、私たちが考えているのは、もっとおぞましいことなのです。何としても毒蛇をつかまえなくてはならないのです。そして、二十匹の赤ガエルを森の道にばらまいてから三時間待っていると、ついに小さな毒蛇がやって来たのです。ルチアが調理室で魚をつまむようにして、生け捕りました。毒蛇は気味悪い赤い舌を出し、籠のなかで静かにうごめいていました。しかし、これが手中におさめた凶器なのです。

その四日後、絶好の機会が訪れました。国王はポーランド公使らの一行と、長い昼食をとりました。フォアグラ、キャビアなどのフランス産のごちそうが豊富に提供されたことでしょう、もちろん、フランスの赤ワインも白ワインも十分に、客人と共に飲んだはずです。この日の詳細な予定は、ポローニアスから聞いていましたから、王の午睡は三時ころに深い眠りとなります。王妃である私は、エルシノア城の中を真昼から歩いていても、何も疑われません。

午後三時少し前に私は庭に向かいました。毒蛇の入った小さな籠の上に、白いハンカチを乗せて、庭の果樹園の散策といういでたちです。初秋の晴れた午後、空にはデンマークにはめずらしい青空が広がっていました。私は、顔にはにっこりと微笑みを浮かべて、ゆっくりと果樹園を歩きました。

しかし、心のなかは、殺人鬼でした。この時を逃すまい。絶対に。果樹園は外壁に囲まれ、堀もめぐらしています。これほど安全な場所はありません。王は、ゆっくりとまどろむことができるはずです。

暖かい日差しの中では、果樹園のところどころで、腐った果実が甘い匂いを発散していました。私はそのぬかるんだくさむらを、そっと歩んでいきました。ここは成功するか失敗するかの一発勝負でした。でも、これしかないのです！

王はあずまやの寝椅子の上に寝ていました。きらびやかな王冠は枕のそばに無造作に置かれていました。王はすでに眠っていたのでしょうか。それを確かめるために、私は少しずつ近づきました。すると、昼食にワインを大量に飲んだ王の大きないびきが聞こえてきました。王はいつもどおり、深い眠りの中にいる。私は音をたてないで、さらに近づきました。王は片方の耳を上にして顔をゆるめて静かに眠っていました。まさに絶好のチャンス！

私は籠のふたをあけ、王の首の上で籠を横倒しにして、蛇が外へ出るのを待ちました。とぐろを巻いていた蛇は、なかなか外へ向かいません。私が籠を左右に小さくゆすると、驚いたのか外に飛び出し、王の首のあたりに行きました。冷たい蛇の頭を異物と感じたのか、王は小さく首をふりまわしました。さあ、行くのだ毒蛇！　王に死を！　私は心のなかで叫びました。

再度、王が小さな寝返りを打ちました。蛇は突然、王の耳にかみつきました。王は少し痛みを感じたのでしょう。王は手で蛇をはらいのけようとしました。このとき、毒蛇は再度、王の耳をかみました。二度、三度前よりも強く深く、かんだようです。蛇の目は鋭く、赤い斑紋は不気味でした。死の使者でした。

「やった！」と小さく叫び、さっと、その場を去りました。私は何も手を下していない。自然の営み、自然の摂理が王に死をもたらすのだと、私は思いつづけました。自室に戻った私は、ルチアに伝えました。神様のおぼしめし、マリア様のおぼしめしで、すべてことはうまく運びました、と。そして、手を合わせて、シャンパンを飲みました。二人で「乾杯！」を唱えました。

しかし、その後……ハムレットよ！　その後のことは、あなたも知るとおりです。王は昼寝のときに、毒蛇にかまれて死んだことは、国じゅうに伝えられました。国民のだれもが、納得しました。ただ一人、あなただけが納得しなかったのです。あなただけが！　ハムレットよ！

私は後悔しておりません。この件は、私が単独で決意して実行したことなのです。

クローディアスは何も知りませんし、何の関与もしていないのです。私たちは、アベラールとエロイーズのように、心のなかで燃えつきるべきだったのかもしれません。しかし、私は死を賭して、イゾルデになりました。トリスタンを求めたイゾルデの道を選びました。

この四か月、私は人間らしい、クローディアスとの愛の生活、彼の情愛のなかに大きな満足を得たのです。

ハムレットよ！　クローディアスは、あなたの叔父ではなく、父でした。それを知らなかったあなたは不幸です。でも、その秘密をついに話すことができませんでした。ただ、私はあなたに対し、クローディアスを信ずるように、何度も頼みました。そのあいまいな言い方では、十分にことの真相は伝わりませんでした。

あなたは父を殺し、私は夫を殺したのです。どうか、神様、お許しください。ああ、もしあのとき、先王の亡霊さえ現れなかったならば！

ここまで話し終えると、ガートルードは、がっくりと息絶えた。享年四十一の生涯だった。

（完）

注

（1）『ハムレット』に関連した作品としては、太宰治『新ハムレット』、橋本治『おいぼれハムレット』、トム・ストッパード（小川絵梨子訳）『ローゼングランツとギルデンスターンは死んだ』等があります。

（2）エルシノア城。『ハムレット』の舞台となったエルシノア城（現在のクロンボー城）は表紙のカバー写真で示します。この写真は、Gyldendal社の『ハムレット、クロンボー城とシェイクスピアのヘルシンゲル』の表紙写真です。エルシノアとはデンマークのジーランド島の港湾都市の名で、ヘルシンゲルの英語名です。

なお、クロンボー城の中に入ると、入口にハムレットとオフィーリアを演じた演じた名優たちの大きなパネル写真が数多く展示されています。

（3）トリスタンとイゾルデ物語。ワーグナーの恋愛悲劇のオペラで有名。

（4）アラベールとエロイーズ。十二世紀の修道士アベラールと修道女エロイーズで、禁を犯して別離を強いられ、ラテン語の愛の往復書簡を残した（二人は肉体関係に入り深く愛し合ったが、アベラールは教会の掟を犯した罰として去勢されていた）。

（5）フランソワ・ヴィヨン。中世十五世紀のフランスの放浪詩人で酒と女を愛した。

【著者】 池田節雄（いけだ・せつお）

1943年大阪市生まれ。弁護士。作家。1966年東京大学法学部卒業。1994年から9年間、白鷗大学法科大学院教授（ＥＵ法、民事法実務担当）を務めた。著書に『ＥＵ独占禁止法』（ジェトロ）、『新版ＥＵアンチ・ダンピング法』（ジェトロ）、『実務経済法講義』民事法研究会（共著）、『ＥＵ入門』有斐閣（共著）、『ＥＣ弁護士ＥＣを巡る』（ジェトロ）、『評伝ピカソ─未知の画集への果てなき旅』（彩流社）、『タヒチ─謎の楽園の歴史と文化』（彩流社）、『国際弁護士─どんな仕事か、何と戦うのか』（平凡社新書）、訳書にパンサドン『女性の権利』（白水社クセジュ文庫）等がある。

Sairyusha

ハムレット異説《いせつ》　ガートルードの恋《こい》

二〇二四年七月二十日　初版第一刷

著者──池田節雄
発行者──河野和憲
発行所──株式会社 彩流社
〒101-0051
東京都千代田区神田神保町3-10大行ビル6階
電話：03-3234-5931
ファックス：03-3234-5932
E-mail：sairyusha@sairyusha.co.jp

印刷──モリモト印刷（株）
製本──（株）難波製本
装丁──中山銀士＋杉山健慈

ISBN978-4-7791-2990-2 C0093
https://www.sairyusha.co.jp